W9-CUI-234

Perros salvajes a la hora de la cena

Mary Pope Osborne

Ilustrado por Sal Murdocca

Traducido por Marcela Brovelli

LECTORUM
PUBLICATIONS INC.

Para Ellen Mager, gran promotora de la literatura infantil

PERROS SALVAJES A LA HORA DE LA CENA

Spanish translation © 2008 by Lectorum Publications, Inc.
Originally published in English under the title
DINGOES AT DINNERTIME
Text copyright © 2000 by Mary Pope Osborne
Illustrations copyright © 2000 by Sal Murdocca

This translation published by arrangement with Random House Children's Books,
a division of Random House, Inc.

MAGIC TREE HOUSE ®
is a registered trademark of Mary Pope Osborne, used under license.

ISBN 978-1-933032-50-4

Printed in the U.S.A.

10 9 8 7 6 5 4 3 2

Library of Congress Cataloging-in-Publication Data

Osborne, Mary Pope.
[Dingoes at dinnertime Spanish]
Perros salvajes : a la hora de la cena / Mary Pope Osborne ; ilustrado por Sal Murdocca ;
traducido por Marcela Brovelli.
    p. cm. -- (La casa del árbol ; 20)
Summary: The magic tree house whisks Jack and Annie away to Australia where they must save
some animals from a wildfire.
ISBN 978-1-933032-50-4 (pbk.)
[1. Magic--Fiction. 2. Space and time--Fiction. 3. Zoology--Australia--Fiction. 4. Animals--Fiction.
5. Australia--Fiction.] I. Murdocca, Sal, ill. II. Brovelli, Marcela. III. Title.
PZ73.O7458 2008
[Fic]--dc22

                                                                      2008015331

ÍNDICE

Perros salvajes a la hora de la cena

Prólogo

Un día en el bosque de Frog Creek, Pensilvania, apareció una misteriosa casa en la copa de un árbol.

Jack, un niño de ocho años y su hermana Annie, de siete, treparon hasta la pequeña casa de madera. Al entrar, ambos advirtieron que ésta se encontraba repleta de libros.

Muy pronto, Annie y Jack descubrieron que la casa era mágica. En ella podían viajar a cualquier lugar. Sólo tenían que señalar un sitio en uno de los libros y pedir el deseo de llegar hasta allí.

Con el tiempo, Annie y Jack conocieron a la dueña de la casa del árbol. Su nombre es Morgana le Fay. Ella es una bibliotecaria mágica de la época del Rey Arturo y viaja a través del tiempo y del espacio en busca de más y más libros.

En los números 5 al 8 de esta colección, Annie y Jack ayudan a Morgana a liberarse de un hechizo. En los volúmenes 9 al 12, resuelven cuatro antiguos acertijos y se convierten en Maestros Bibliotecarios.

Y en los libros 13 al 16, ambos deben rescatar cuatro relatos antiguos que corrían peligro de perderse para siempre.

En los números 17 al 20, Annie y Jack deben recibir cuatro obsequios especiales para ayudar a liberar a un misterioso perro de un hechizo. Hasta ahora han recibido un regalo a bordo del *Titanic*, otro regalo de los lakotas y otro de un bosque de la India. Ahora, Annie y Jack están a punto de partir en busca del último regalo…

1

El último regalo

Annie se sentó en los escalones del porche. Y se puso a contemplar, en la distancia, el bosque de Frog Creek.

—¿Oyes eso, Jack? —preguntó ella.

Jack estaba sentado a su lado, leyendo un libro.

—¿Qué dices? —preguntó.

—Teddy nos está llamando —explicó Annie.

—Estás bromeando —agregó Jack. Pero levantó la vista y se quedó escuchando.

De pronto, a lo lejos se oyó un débil ladrido.

—¡Guau! ¡Guau!

Una gran sonrisa iluminó el rostro de Jack.

—¡Lo oíste! —exclamó Annie.

—Sí. Tienes razón. Es hora de irnos —agregó Jack.

Se levantó y agarró la mochila.

—¡Volveremos pronto! —gritó Annie desde el porche.

—¡No lleguen tarde a cenar! —contestó el padre.

—¡Vendremos temprano! —afirmó Jack.

Annie y su hermano corrieron calle abajo hacia el bosque de Frog Creek.

Hasta que muy pronto llegaron al roble más alto.

Allí arriba estaba la casa del árbol. Y a través de la ventana vieron que asomaba un pequeño hocico de color negro.

—¡Eh, tú! ¡Vamos a subir! —dijo Annie.

—¡Guau! ¡Guau! —se oyó un ladrido entusiasmado.

Annie se agarró de la escalera de soga y empezó a subir.

Jack comenzó a subir detrás de ella.

Dentro de la casa había un pequeño perro, sentado en el medio de un círculo de luz vespertina. Movía la cola sin parar.

—¡Hola, Teddy! —saludó Jack.

Annie y su hermano abrazaron a Teddy. El pequeño perro les lamió el rostro a ambos.

—La nota de Morgana todavía está aquí —comentó Annie.

—Sí —agregó Jack. Él ya se la sabía de memoria.

Este pequeño perro está bajo un hechizo y necesita que ustedes lo ayuden. Para liberarlo, deben recibir cuatro objetos especiales:

Un regalo de un barco perdido en alta mar

Un regalo de una llanura azul

Un regalo de un bosque lejano

Un regalo de un canguro

Actúen con valentía y sabiduría. Y tengan mucho cuidado.

Morgana

Junto a la nota se encontraban los tres regalos de los tres viajes anteriores.

1. un reloj de bolsillo del *Titanic*
2. una pluma de águila de las Grandes Llanuras
3. una flor de loto de un bosque de la India

—Sólo nos queda recibir un regalo de un canguro y Teddy quedará liberado de su hechizo —dijo Annie.

—Seguro que vamos a Australia. Allí viven los canguros —explicó Jack.

—Genial —exclamó Annie.

Lloriqueando, Teddy empezó a rasgar con la pata un libro que se encontraba en un rincón.

Jack tomó el libro.

—¿Lo ves? —comentó Jack.

Y le mostró la tapa a su hermana. El título era *Aventuras en Australia.*

—Estupendo —dijo Annie, mirando a Teddy—. ¿Listo para encontrarte con un canguro? —le preguntó.

—¡Guau! ¡Guau!

Cuando Jack abrió el libro encontró una página en la que se veían pequeñas fotografías de distintos animales. Y una fotografía más grande de un bosque. Jack lo señaló.

—¡Queremos ir a este lugar! —exclamó.

El viento comenzó a soplar.

La casa comenzó a girar.

Más y más rápido cada vez.

Después, todo quedó en silencio.

Un silencio absoluto.

2
Dormilón

Jack abrió los ojos. La fuerte luz del sol caliente inundó la casa del árbol.

—¡Qué bonitos sombreros! —dijo Annie.

Ella y su hermano tenían puesto uno cada uno.

—Creo que nos servirán para protegernos del sol —agregó Jack.

Annie y su hermano se asomaron a la ventana. Teddy hizo lo mismo.

La pequeña casa había aterrizado en un bosque lleno de maleza, árboles secos y plantas marchitas.

—¡Uy!... ¡Aquí hace mucho que no llueve!
—comentó Jack.

Se sentó por un momento y examinó el libro de Australia. Allí encontró el paraje en el que estaban ahora.

De inmediato, se puso a leer:

Los bosques australianos atraviesan períodos en los que nunca llueve; estos lapsos de tiempo se conocen con el nombre de *sequías*. A su vez, en otra época del año, es común que se produzcan inundaciones debido a las intensas lluvias.

Jack sacó su cuaderno:

Sequía = falta de lluvia

—¡Eh, Jack! ¿No huele a comida? —preguntó Annie.

Jack olfateó el aire. *Había* olor a comida.

Se asomó a la ventana y, a lo lejos, vio una gigantesca nube de humo flotando por encima de los árboles.

—Tal vez hay gente acampando —comentó Jack.

—Vayamos a ver —sugirió Annie.

Jack guardó el cuaderno y el libro sobre Australia dentro de la mochila.

—No te olvides de Teddy —dijo Annie.

Jack colocó al pequeño dentro de la mochila.

Luego, bajó por la escalera de soga, detrás de su hermana.

Cuando los dos pisaron tierra firme el viento caliente casi les lleva los sombreros.

—El campamento debe de estar por allí —comentó Annie.

Y señaló el humo que se veía en el cielo azul. Jack y su hermana avanzaron por el claro del bosque.

Así, ambos atravesaron arbustos y árboles esqueléticos. Numerosos lagartos corrían por el terreno seco y cuarteado por el sol.

—¡Guau! ¡Guau! —ladró Teddy desde la mochila.

—¡Buenooo! —exclamó Jack.

De pronto, de atrás de un arbusto salieron dos enormes pájaros muy extraños.

Eran más altos que Jack, barrigones y de patas largas y delgadas al igual que el cuello.

—¿Y *ustedes* quiénes son? —preguntó Annie.

Jack abrió la mochila y sacó el libro sobre Australia. Mientras recorría las páginas encontró un dibujo de las mismas aves.

—Son emúes —explicó. Y se puso a leer en voz alta:

El emú es un ave de tamaño muy grande. No puede volar pero puede correr a una velocidad de 30 millas por hora.

—¡Uy! ¡Eso es correr rápido! —exclamó Annie.

—¡Guau! —Teddy saltó de la mochila y empezó a ladrarles a las aves.

Los emúes miraron a Teddy con ojos altaneros. Y luego se alejaron con arrogancia.

Jack tomó nota:

Emúes

pájaros orgullosos

no pueden volar

—¡Mira, un oso de peluche de verdad! —exclamó Annie asombrada.

Jack miró hacia arriba.

Annie corrió hacia un árbol al borde del claro. El "oso de peluche" estaba hecho un ovillo en el tronco del árbol.

—¡Mira, es precioso! —susurró Annie.

La criatura estaba profundamente dormida. Tenía orejas grandes y redondas, nariz de color negro y cuerpo peludo. Las garras de los pies eran largas y curvas.

—Es un koala —informó Jack.

—Hola, dormilón —dijo Annie.

Cuando ella le acarició el suave pelaje, el oso abrió los ojos y se quedó mirándola sin moverse.

Mientras miraba el libro sobre Australia, Jack encontró un dibujo de un koala:

El koala no es un oso. Es un marsupial, al igual que el canguro. Las hembras de esta especie llevan a su cría dentro de una bolsa en el abdomen.

—Ah… —dijo Annie.

Jack continuó leyendo:

> Los koalas se alimentan principalmente de las hojas de árboles de eucalipto. De modo que la tala de estos árboles es perjudicial para ellos. Los incendios forestales también constituyen una amenaza para estas criaturas ya que no son muy rápidas para escapar del humo y el fuego.

Jack anotó:

Los incendios forestales son una amenaza para los koalas

—¿Qué sucede, dormilón? ¿Te sientes mal? —preguntó Annie.

—No te preocupes. Escucha esto… —dijo Jack.

> El koala, al igual que el canguro, es un animal de hábitos nocturnos; duerme durante el día cuando el

sol está alto. La palabra *koala* quiere decir "no toma agua" ya que este marsupial rara vez ingiere agua. El líquido necesario para sobrevivir lo toma de las hojas con las que se alimenta.

Jack se lamió los labios. Tenía la boca seca.

—Ya que hablamos de agua... Tengo sed —dijo.

—Yo también —agregó Annie.

Teddy jadeaba como si también él estuviera sediento.

—Vayamos a buscar el campamento —propuso Jack, suspirando—. Tal vez allí puedan darnos un poco de agua.

Volvió a colocar a Teddy dentro de la mochila. Y puso el libro sobre Australia debajo del brazo por si lo necesitaba más adelante.

Mientras caminaban, Annie y Jack oyeron un fuerte y rudo cacareo.

—¡Ayy! —exclamó Annie.

—¿Qué fue *eso*? —preguntó Jack.

3

Pies grandes

Un estruendoso chillido quebró la calma del aire seco.

Teddy ladró.

Annie y Jack se dieron vuelta para ver de dónde venía el extraño sonido, aunque era difícil saberlo.

Luego el cacareo se oyó una vez más.

—¡Por allí! —dijo Annie.

Y señaló un pájaro que estaba en un árbol de eucalipto. Tenía plumaje marrón, cabeza grande y pico largo.

La extraña ave estaba sobre una rama, mirando fijamente a Annie y a Jack. Después, éste soltó otro cacareo.

—Qué extraño —dijo Jack.

Encontró al pájaro en un dibujo del libro y se puso a leer:

El kookaburra es el ave más popular de Australia. Existe una canción muy conocida en honor a él. También se conoce con el nombre de "burro que ríe" debido a que el particular sonido que produce es similar al rebuznar de un burro.

—¡Yo conozco la canción! —dijo Annie. Y se puso a cantar:

"*Kookaburra sentado en el viejo árbol de eucalipto.*

Alegre, alegre rey del bosque..."

Jack anotó en el cuaderno:

Kookaburra — muy gracioso

Annie dejó de cantar: —Eh, aún hay algo más extraño todavía —dijo.

—¿Dónde? —preguntó Jack.

Annie señaló una especie de montículo marrón, azulado que yacía sobre un agujero polvoriento y poco profundo.

—¿Está vivo? —preguntó Jack.

Ambos se acercaron al extraño montículo.

—Parece que respira —dijo Annie.

Se trataba de un animal acostado boca arriba, con las patas cruzadas sobre el pecho.

Tenía pies enormes, orejas grandes, hocico de ciervo y cola muy larga. El abdomen también se veía muy abultado.

Justo en ese instante, una pequeña cabeza se asomó desde el interior del abdomen del animal.

—¡Uy! —exclamó Jack.

—¡Guauuu! ¡Es una mamá canguro con su cría dentro de la bolsa! —exclamó Annie.

—¡Genial! ¡Tenemos que recibir un regalo de un canguro! ¿Te acuerdas? —preguntó Jack.

Las voces de Annie y Jack despertaron al canguro. Y el animal se levantó de un salto.

La madre canguro echó una dura mirada a los niños. Su pequeño asomó la cabeza desde el interior de su escondite.

La madre, enojada, pisó el suelo con fuerza.

—¡Perdónanos! ¡No queríamos despertarte! —dijo Annie.

El canguro miró a Annie con ojos curiosos. Luego dio un gran salto hacia donde estaba ella.

Imitando al animal, Annie saltó hacia el enorme animal.

Mamá canguro volvió a saltar.

Annie hizo lo mismo.

La madre canguro y Annie empezaron a saltar la una alrededor de la otra, como si las dos estuvieran bailando.

Jack estaba asombrado ante la gracia del animal al saltar. Parecía volar por el aire para luego aterrizar con la suavidad de una mariposa.

Luego, Jack buscó información en el libro:

> El canguro es el animal más popular de los marsupiales. La hembra lleva a la cría, o joey, en el interior de su bolsa. Los científicos llaman a estos animales *macrópodos,* que significa "pies grandes". La anatomía del canguro es vital para poder saltar mucho más alto que cualquier otro animal del mundo. Si toma impulso, un canguro adulto es capaz de saltar por encima de un autobús.

—Olvídate de la competencia de salto, Annie. Ella puede saltar por encima de ti y aterrizar a una milla de distancia.

Jack sacó el cuaderno y apuntó lo siguiente:

Canguro

"pies grandes"

¡Pueden saltar por encima de un autobús!

La madre canguro empezó a golpear el suelo con las patas.

—Y ahora, ¿qué sucede? —preguntó Annie.

De repente, el animal se quedó como una estatua.

—¡*Grrrrr!* —Teddy gruñó desde el interior de la mochila.

Algo se movía detrás de unos arbustos cercanos.

De repente, tres perros se acercaron al claro del bosque. Tenían pelaje de color arena y una mirada feroz.

Teddy volvió a gruñir.

Pero los perros continuaron avanzando agazapados hacia el canguro.

De pronto, la madre canguro pegó un altísimo salto y se alejó de los perros.

Éstos corrieron detrás de la ella.

—¡Deténganse! ¡Basta, déjenla en paz! —gritó Annie.

En medio de uno de sus saltos, la madre canguro giró en el aire y cambió la dirección.

Luego zigzagueó por encima de rocas y arbustos.

Los perros salvajes seguían corriendo veloces detrás de la madre y su cría.

4
Joey

—¡Uy, no! ¡Tenemos que salvarla! —gritó Annie.

Y salió corriendo detrás de los perros.

—¡Guau! ¡Guau! ¡Guau! —Teddy ladró por encima del hombro de Jack.

Luego, Jack salió corriendo detrás de su hermana, con el libro debajo del brazo. Corría sobre el terreno seco y rajado, atravesando arbustos y árboles de eucalipto dispersos por todos lados.

Jack no despegaba los ojos de su hermana, que corría delante de él. De repente, vio que Annie se detenía y se agachaba.

—¿Qué sucede? —preguntó Jack.

—¡Ven a ver esto! —dijo Annie.

Rápidamente, Jack se acercó a su hermana. Sobre el suelo, al lado de Annie, estaba el bebé canguro. Temblaba sin parar.

—No tengas miedo —le dijo Annie. Luego ella miró a Jack—. ¿Dónde está su madre? ¿Por qué lo habrá dejado?

—No lo sé —respondió Jack.

Colocó la mochila sobre el suelo y abrió el libro sobre Australia. Teddy saltó fuera de la mochila.

El pequeño trató de olfatear al bebé canguro.

—No lo asustes —dijo Annie.

Teddy dio un paso hacia atrás y se sentó a mirar, como un perro bien educado.

Jack abrió el libro sobre Australia y encontró un dibujo con la imagen de un canguro bebé.

De inmediato, se puso a leer:

> El principal enemigo del canguro es el dingo, o perro salvaje de Australia. Cuando una madre canguro es perseguida por dingos, ésta puede tirar a su cría fuera de su bolsa. Sin el peso extra, puede saltar más alto y más lejos. De esta manera la hembra aleja a los perros salvajes del canguro bebé. Si la madre sale con vida, regresa a buscar a su cría.

—¡Ay, Jack! ¡Espero que la madre de este pequeño pueda escapar de los dingos! —suplicó Annie con voz triste.

—Yo también —agregó Jack.

—Hola Joey. Eres tan suave —dijo Annie mientras acariciaba al pequeño canguro.

Jack se agachó y tocó el pelaje marrón. *Era* muy suave, el pelaje más suave que había acariciado jamás.

El tímido canguro, temblando sin parar, miraba a Jack con sus enormes ojos marrones.

—No tengas miedo, Joey. Tu mamá regresará muy pronto —dijo Annie.

De pronto, Joey dio un salto y se alejó en dirección a la mochila de Jack, que estaba tirada en el suelo.

El bebé canguro pegó un salto y se metió de cabeza en la mochila. Pero le quedaron las patas afuera. Luego se dio vuelta y se quedó mirando a Annie y a Jack desde su nuevo escondite.

Los dos hermanos se echaron a reír.

—Piensa que tu mochila es una bolsa como la de su mamá. Tengo una idea —dijo Annie—. Ponte la mochila al revés; así sentirá que está con su mamá.

Jack dejó el libro en el suelo. Después, Annie lo ayudó a ponerse la mochila. ¡El bebé canguro era pesado!

—Muy bien. Ya te *ves* como una mamá canguro.

—¡Uy, cielos! —exclamó Jack.

Jack le acarició el pelaje al pequeño canguro:

—No te preocupes. Puedes quedarte ahí hasta que tu madre regrese.

—Joey, ¿tienes hambre? —preguntó Annie.

Y se agachó para arrancar un puñado de hierba para el pequeño canguro.

Joey empezó a masticar la hierba con los ojos clavados en Annie.

—Espero que su mamá venga pronto a buscarlo —dijo Annie, preocupada.

—Sí —agregó Jack.

Y contempló el bosque árido y seco. No había señales de la madre.

Sin embargo, Jack divisó otra cosa.

—Mira —le dijo a su hermana.

El humo en el cielo se había transformado en una gigante nube de color negro. Jack notó que el olor a quemado era más intenso.

—¿Qué hacen los del campamento? ¿Estarán prendiendo una hoguera? —preguntó Annie.

Una sensación de pánico se apoderó de Jack.

—Uy... ¿y... si...? ¿Qué pasa si...?—preguntó asustado.

De repente, a lo lejos un árbol estalló en llamas.

—¡Es un *incendio forestal*! —gritó Jack.

5

¡Fuego!

—¿Incendio forestal? —repitió Annie.

—Los bosques están tan secos que todo ha comenzado a quemarse. Tenemos que huir de aquí —dijo Jack.

—Pero no podemos dejar a Joey —agregó Annie.

—¡Lo llevaremos con nosotros! —dijo Jack.

—¿Pero qué va a pasar si la madre regresa a buscarlo y no lo encuentra? —preguntó Annie.

—No hay otra opción —respondió Jack.

Justo en ese instante se vio un kookaburra volando por el cielo.

Los emúes pasaron corriendo a toda velocidad.

El aire se ponía cada vez más espeso por el denso humo. ¡El fuego empezaba a propagarse rápidamente!

—¡Vamos! ¡Tenemos que llegar a la casa del árbol antes de que se queme! —dijo Jack.

—¿Hacia dónde tenemos que ir? —preguntó Annie.

—No estoy seguro —contestó Jack.

Las copas de los árboles estaban ocultas detrás de la espesa cortina de humo. A Jack le ardían los ojos.

—Olvídate de la casa —dijo—. ¡Alejémonos del humo! ¡Vamos!

Jack y Teddy empezaron a correr en dirección contraria. El pequeño canguro escondió la cabeza dentro de su escondite.

—Yo después te alcanzo. Tengo que buscar algo —dijo Annie.

—*¿Qué dices?* —preguntó Jack.

Pero Annie ya había salido corriendo en la otra dirección.

—¡Vuelve aquí! ¡Annieeee! —gritó Jack.

Las ramas crujían y se caían de los árboles. El humo comenzaba a cubrirlo todo.

—¡Guau! ¡Guau!

—¡Annie! —gritó Jack.

Jack empezó a ahogarse con el humo. Tosía y se frotaba los ojos. El aire estaba cada vez más caliente.

No tenía otra alternativa: tenía que correr.

—¡Guau! ¡Guau! —El ladrido de Teddy se oía hacia adelante.

—¡Date prisa, Annie! —Jack gritó desesperado. Luego corrió detrás de Teddy.

Avanzaba por el matorral dando traspiés por no ver nada. Todo lo que podía hacer era guiarse por los ladridos de Teddy. La mochila le pesaba cada vez más. La agarró con ambos brazos y siguió avanzando.

De pronto, oyó que su hermana lo llamaba.

Jack se detuvo.

—¡Aquí! ¡Aquí! ¡Estamos aquí! —gritó Jack—. ¡Ven! ¡Síguenos!

Annie apareció en medio de una nube de humo. Tosía sin parar y los ojos le lloraban.

¡Llevaba al koala en los brazos!

—¡Vamos! —gritó Jack—. ¡Sigamos a Teddy!

—¡Guau! ¡Guau!

Annie y Jack llevaban a Joey y al pequeño koala. Se abrían camino guiándose por los ladridos de Teddy.

Finalmente, llegaron a una roca enorme.

—¡Guau! ¡Guau!

Teddy estaba parado sobre una saliente. Detrás de él había una cueva.

A través del humo Jack casi no podía ver al perro.

Teddy volvió a ladrar y se internó en la cueva.

—¡Sigámoslo! —dijo Annie.

6

Dame la mano

Annie y Jack treparon sobre la saliente de la roca y entraron en la cueva. Adentro el aire se sentía más puro y fresco que afuera.

—No puedo ver nada —dijo Jack.

Y tanteó la cabeza del bebé canguro.

—Yo tampoco —agregó Annie.

—¡Guau! ¡Guau!

—Creo que vamos a tener que guiarnos por los ladridos de Teddy. Dame la mano —dijo Annie.

Y estrechó la mano de su hermano. Luego, Jack extendió la otra mano y tocó la pared.

El pequeño bebé canguro se movió en el interior de la mochila.

Annie y Jack avanzaron en medio de la oscuridad.

—¡Guau! ¡Guau!

Teddy siguió ladrando, guiando a sus amigos a cada paso.

—¡Guau!

—¡Guau!

—¡Guau!

De pronto, Jack sintió un golpe en una pierna. El susto lo hizo detenerse.

—¿Qué te pasa? —preguntó Annie.

—¡Guau!

¡Era Teddy! Había golpeado la pierna de Jack con la cola al moverla.

—¿Qué sucede, pequeño? —preguntó Jack.

Teddy empezó a aullar.

Y mientras lo hacía ocurrió algo asombroso.

En el aire empezó a brillar una línea de color blanco. Ésta creció y creció hasta tomar el tamaño y la forma de una serpiente gigante. Después, debajo de la figura de la serpiente comenzaron a aparecer algunas imágenes de manos pintadas.

Jack sintió que Annie le apretaba la mano.

—Creo que es una pintura hecha sobre la pared —dijo ella.

—Pero… ¿qué es? —preguntó Jack en voz muy baja.

—No lo sé —contestó Annie.

Soltó la mano de su hermano y colocó la suya sobre una de las manos dibujadas sobre la pared.

Jack hizo lo mismo.

A pesar del brillo de la pintura, la roca se sentía suave y fría. Casi parecía respirar.

En ese instante, en medio de la densa oscuridad, se oyó un silbido espeluznante. ¡Después siguió un estruendo muy fuerte!

—¿Qué fue *eso*? —Jack quitó la mano de la pared rápidamente.

El estruendo se oyó otra vez.

Parece como un trueno —dijo Annie.

—¡Guau! ¡Guau!

—¡Teddy se va! —agregó Annie.

Nuevamente tomó la mano de su hermano y volvieron por donde habían entrado, guiándose de nuevo por los ladridos de Teddy.

—¡Guau! ¡Guau!

Siguieron al pequeño Teddy hasta que vieron un destello de luz.

—Un relámpago —dijo Annie—. ¡Un relámpago y un trueno! ¡Estamos en la entrada de la cueva! ¡Ayyy!

Annie condujo a su hermano hacia fuera. La lluvia caía intensamente.

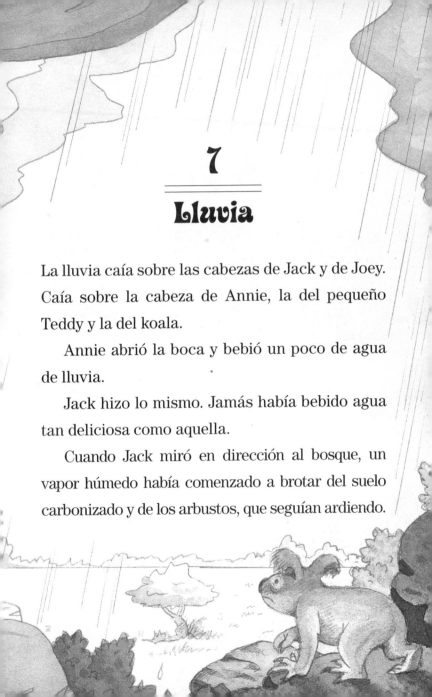

7

Lluvia

La lluvia caía sobre las cabezas de Jack y de Joey. Caía sobre la cabeza de Annie, la del pequeño Teddy y la del koala.

Annie abrió la boca y bebió un poco de agua de lluvia.

Jack hizo lo mismo. Jamás había bebido agua tan deliciosa como aquella.

Cuando Jack miró en dirección al bosque, un vapor húmedo había comenzado a brotar del suelo carbonizado y de los arbustos, que seguían ardiendo.

La intensa lluvia estaba apagando el fuego.

—Estarás a salvo. Te pondré en un árbol de eucalipto, así podrás seguir con tu siesta —le dijo Annie al koala.

—Allí veo un árbol que no se quemó —agregó Jack.

Ambos se acercaron al árbol de eucalipto. Annie colocó al koala sobre dos ramas unidas.

—Ahora vuelve a dormirte. El fuego fue sólo una pesadilla —comentó Annie.

—Buenas noches —dijo Jack.

El koala miró a Annie como si sonriera. Después cerró los ojos y se durmió, como si nada lo hubiera perturbado.

Jack suspiró y miró a su alrededor.

Annie sonrió.

—No fue sólo suerte. Esto fue magia —comentó.

—¿Magia? —preguntó Jack.

—Sí… ¿recuerdas las manos pintadas y la serpiente? Creo que ellas trajeron la lluvia —explicó Annie.

—Eso no tiene sentido —agregó Jack.

Joey se movió dentro de la mochila. De pronto, Jack se acordó de algo.

—Tenemos que llevar a Joey al lugar donde lo dejó su madre, de otro modo no lo va a poder encontrar —dijo.

—¿Dónde está ese lugar? —preguntó Annie.

—No lo sé —respondió Jack.

Y contempló el bosque lluvioso y gris. Todo se veía del mismo color.

—¡Teddy puede encontrar el lugar! —Annie afirmó.

Sin siquiera un ladrido, el pequeño Teddy se alejó corriendo por el terreno húmedo y fangoso.

Annie y su hermano lo siguieron otra vez. A Jack comenzaba a dolerle la espalda por el peso del pequeño canguro.

—¡Guau! ¡Guau!

Luego Annie y su hermano alcanzaron a Teddy, que los esperaba parado junto al libro sobre Australia. Éste tenía la tapa toda mojada pero, al menos, no se había quemado.

—¡Viva! ¡Lo encontramos! —gritó Annie.

—¡Así parece! Dejé nuestro libro en el sitio en el que encontramos a Joey —agregó Jack.

—Teddy nos ayudó otra vez —dijo Annie.

Y acarició la cabeza del animal.

—¡Gracias, Teddy! —exclamó Jack.

Recogió el libro sobre Australia. Tenía la tapa mojada pero las páginas no estaban dañadas.

El pequeño canguro asomó la cabeza desde el interior de la mochila. Jack se colocó el libro debajo del brazo.

—No te preocupes, Joey —dijo Annie—. Nos quedaremos aquí hasta que tu mamá regrese a buscarte.

"Tal vez ya pasó por aquí..." pensó Jack, preocupado.

Él, Annie, Teddy y Joey se quedaron esperando en la lluvia.

Esperaron y esperaron.

La lluvia se convirtió en una ligera llovizna. Y luego apenas caían algunas gotas.

Todavía seguían esperando.

Jack empezó a sentirse más y más triste.

Tal vez la madre de Joey ya *había pasado* por allí. O tal vez los dingos la habían atacado. O había muerto en el gran incendio.

Jack tenía miedo de mirar a su hermana, tenía miedo de pronunciar una palabra.

Por fin, Annie rompió el silencio:

—Yo sé lo que tú piensas —dijo.

Jack palmeó la cabeza del pequeño canguro y respiró hondo.

—Vamos a esperar un poco más —agregó—. Si su madre no viene pronto, lo llevaremos con...

—¡Guau! ¡Guau! —Teddy ladró suavemente.

—*Escucha* —dijo Annie.

Jack se quedó en silencio.

Al principio el sonido era muy suave. Pero después se oyó mucho más fuerte, como un chapoteo sostenido. ¡Era el sonido de unos enormes pies que avanzaban a saltos por el fango!

8

La Serpiente Arco Iris

La madre canguro apareció por entre los árboles.

Y aterrizó a diez pies de Annie, Jack, Teddy y Joey.

Por un momento, los cuatro se quedaron paralizados, como si algo les hubiera quitado el aliento.

Luego, Joey trató de escaparse de la mochila.

—Espera un momento —dijo Jack.

Y colocó la mochila sobre el suelo.

El pequeño canguro salió de un salto.

Saltó una y otra vez y se metió en la bolsa de la panza de su mamá.

Luego, sin ayuda de nadie, se acomodó en su escondite y desde allí observó a Annie y a Jack.

—¡Eso! —gritaron los dos a la vez. Y rieron y aplaudieron aliviados.

—Se ve que está feliz de volver a su hogar —dijo Annie.

—Su madre también se ve feliz —agregó Jack.

La madre de Joey contemplaba a su hijo y le acariciaba la cabeza con una de las patas más pequeñas, las delanteras.

Después miró a Annie y a Jack con ternura.

—Nos está dando las gracias —afirmó Annie.

—¡De nada! —exclamó Jack.

—Fue un placer para nosotros. Tu hijo es muy valiente —dijo Annie.

La madre de Joey asintió con la cabeza. Luego se agachó, recogió un trozo de corteza que estaba sobre la hierba mojada y se lo entregó a Annie y a Jack.

—¡Uy, grandioso! ¡Es el *regalo de un canguro*! —dijo.

En ese momento, la madre de Joey dio un enorme salto en el aire y se alejó por el bosque carbonizado.

—¡Gracias! ¡Buena suerte! —exclamó Annie.

—¡Guau! ¡Guau! —ladró Teddy.

Cuando Jack tomó el trozo de corteza para examinarlo ya había dejado de llover. El extraño objeto tenía un pequeño dibujo. Era exactamente igual a la serpiente pintada en la cueva.

—¿Qué significado tendrá esta serpiente? —se preguntó Jack, en voz alta.

Abrió el libro sobre Australia y recorrió las páginas húmedas hasta que encontró un dibujo parecido al que había en el trozo de corteza.

—Escucha esto, Annie —dijo.

A los primeros habitantes del territorio australiano se les llama *aborígenes*. Han vivido allí durante cuarenta mil años. Sus mitos pertenecen a un período conocido con el nombre de "Tiempo de los Sueños". Durante este período aparece la Serpiente Arco Iris, y con ella, las lluvias, tan necesarias para la vida.

Los aborígenes dedicados al arte pintan a la Serpiente Arco Iris en las paredes de las cuevas o sobre trozos de corteza. Durante ceremonias especiales le rinden homenaje pintando sus manos sobre la serpiente mágica.

—¿Lo ves? Esto lo explica todo —afirmó Annie.

—No te entiendo —agregó Jack.

—Nosotros pusimos las manos sobre la Serpiente Arco Iris —explicó Annie—. De esa manera, como en una ceremonia de los aborígenes, la serpiente nos mandó la lluvia para apagar el fuego.

—¡Guau! ¡Guau! —ladró Teddy.

Jack frunció el entrecejo.

—Pero no es una criatura real. Pertenece al "Tiempo de los *Sueños*" —dijo Jack.

Annie sonrió.

—¿Entonces cómo explicas *eso*? —preguntó Annie, mientras señalaba el cielo.

Las nubes habían desaparecido. Ahora brillaba el sol.

Un arco iris inmenso surcaba el cielo australiano de lado a lado.

—¡Uy, cielos! —exclamó Jack asombrado. El aire estaba caliente pero sintió un escalofrío por la espalda.

—Teddy nos trajo hasta la cueva donde estaba la serpiente. Nuevamente tenemos que darle las gracias —dijo Annie.

—¿Cómo sabía lo de la Serpiente Arco Iris? —preguntó Jack.

—Te lo dije, por arte de magia —explicó Annie.

Jack y su hermana observaron a Teddy.

El pequeño inclinó la cabeza y parecía sonreír.

—¡Ya tenemos los cuatro regalos! —dijo Annie.

—¡Sí! ¡Tienes razón! —agregó Jack.

—¡Vayamos a casa para ver si se rompe el hechizo de Teddy! —propuso Annie.

—¡Guau! ¡Guau!

Jack guardó el trozo de corteza y el libro sobre Australia en la mochila. Después, todos caminaron por el bosque húmedo y vaporoso hacia la casa pequeña casa de madera.

—¡Espero que la casa del árbol no se haya quemado! —dijo Jack.

Atravesaron el claro, dejando atrás el bosque de eucaliptos y arbustos.

La casa del árbol los esperaba.

—¡*Todavía está aquí!* —exclamó Annie, emocionada.

Se agarró de la soga y comenzó a subir por ella.

Jack colocó a Teddy en la mochila y siguió a su hermana.

Cuando entraron en la casa, el pequeño Teddy saltó fuera de la mochila y tocó el libro de Pensilvania con una pata.

—¡Guau! ¡Guau!

—De acuerdo —dijo Jack. Y señalando el dibujo del bosque de Frog Creek dijo:

—¡Queremos regresar a este lugar!

—¡Vamos! ¡A volar por encima del arco iris! —dijo Annie.

El viento comenzó a soplar.

La casa del árbol comenzó a girar.

Más y más rápido cada vez.

Después, todo quedó en silencio.

Un silencio absoluto.

9

¿Quién es ese niño?

—Bienvenidos —dijo una voz suave y musical.

Jack abrió los ojos.

—¡Era Morgana! Hacía mucho tiempo que no la veían.

—¡Morgana! —gritó Annie.

Y corrió a abrazar a la hechicera. Jack se paró de un salto y también abrazó a Morgana.

—Qué bueno es verlos a los dos —dijo la hechicera.

—¡Guau! ¡Guau!

—Y qué bueno es volver a verte a *ti* también —agregó Morgana, mirando al pequeño Teddy.

—Mira —dijo Annie y, buscando en la mochila de Jack, sacó un trozo de corteza con un dibujo pintado sobre ésta—. Aquí está el regalo del canguro.

—Ya tenemos los cuatro regalos —agregó Jack.

—Buen trabajo —dijo Morgana.

Y tomó el primer regalo. Era un reloj de bolsillo del *Titanic*.

—Había una vez un pequeño niño al que le gustaba perder el tiempo —contó Morgana—. Este reloj le servirá para aprender que el tiempo es muy valioso. Y debe ser utilizado con sabiduría.

Morgana tomó el segundo regalo, una pluma de águila de los lakotas.

—A veces, el niño no sabía cómo defenderse —comentó la hechicera—. La pluma de águila le servirá para aprender que las criaturas pequeñas pueden ser las más valientes.

La hechicera tomó la flor de loto del bosque de la India.

—A veces, el niño no mostraba respeto por la naturaleza —dijo ella—. Esta flor le servirá para enseñarle que la naturaleza guarda grandes maravillas.

Por último, Morgana tomó el trozo de corteza con la pintura de la Serpiente Arco Iris.

—A veces, el niño rehusaba estudiar otras culturas. Este trozo de corteza le servirá para aprender que las civilizaciones antiguas guardan misterio, magia y una gran sabiduría en sus tradiciones.

—¿Quién es ese niño? —preguntó Jack.

—¿De quién hablas? —preguntó Annie.

Morgana guardó silencio. Miró a Annie y a Jack y los tomó del hombro.

—Muchas gracias por ayudar a este niño a aprender esas lecciones. Gracias por romper el hechizo —dijo la hechicera.

—¿Qué niño? —volvió a preguntar Jack.

—¡Guau! ¡Guau! ¡Guaauuu!

Annie y Jack se quedaron mirando a Teddy.

El aire comenzó a agitarse...

luego el viento desató un torbellino...

Teddy se transformó.

Ya no era un perro.

Ahora era un *niño*.

10

El Tiempo de los Sueños

El niño estaba en el suelo, apoyado sobre la palma de las manos y sobre las rodillas.

—Les presento a mi joven ayudante proveniente de Camelot —dijo Morgana.

El niño alzó la mirada. Tenía una expresión simpática en el rostro, lleno de pecas, y unos brillantes ojos negros. Su cabello era del mismo color que el pelaje de Teddy. Parecía un poco más pequeño que Jack, de diez años más o menos.

—¿He regresado? —preguntó.

—Así es —respondió Morgana.

El niño se paró de un salto y abrazó a la hechicera.

—¡Muchas gracias! —gritó de alegría.

—Y espero que la próxima vez *pidas permiso* antes de jugar con mi libro de hechizos —aconsejó Morgana.

El niño sonrió avergonzado.

—Lo prometo. Me convertí en perro sin querer —dijo, mirando a Annie y a Jack.

Annie se rió.

—Pero viví aventuras muy emocionantes mientras fui perro —agregó.

—Y fuiste un *gran* perro —agregó Annie—. Nos encantó que fueras Teddy, nuestro amigo. ¿Cuál es tu verdadero nombre?

—Si quieren pueden seguir llamándome Teddy —dijo el niño—. O… ¿no les gusta Ted?

—De acuerdo, Ted —contestó Annie.

Jack asintió con la cabeza. Todavía no salía del asombro.

—Ted se está preparando para trabajar en mi biblioteca, en Camelot —comentó Morgana—. Tiene un don muy especial, puede hacer magia.

—Genial —exclamó Annie.

—Tú nos ayudaste un montón, Ted —dijo Jack, que acababa de recuperar el habla.

—No, fueron *ustedes* los que me ayudaron a mí —agregó Ted—. Sin ustedes no hubiera podido librarme de mi hechizo. Y, además, ahora tengo nuevas aventuras que contar.

—Ah… ¿sí? —exclamó Annie.

Ted asintió.

—La aventura del *Titanic*, la de la Mujer Búfalo Blanco, la historia del tigre herido y la aventura de la Serpiente Arco Iris —comentó Ted—. Voy a escribirlas en cuanto llegue a casa. Así la gente podrá leerlas en la biblioteca de Morgana.

—Y debemos ir a casa ahora —agregó Morgana.

—¡Uy! ¡Qué lástima! —dijo Annie.

—Sí —agregó Jack, apenado.

—Estoy seguro de que algún día nos volveremos a ver —dijo Ted.

—Espero que sí —agregó Jack.

—Yo también —afirmó Annie—. ¡Adiós!

Y empezó a bajar por la escalera de soga.

Jack tomó la mochila. Y con el corazón apenado bajó detrás de su hermana.

Cuando llegaron al suelo miraron hacia arriba.

Morgana y Ted estaban asomados a la ventana. Los dos parecían brillar con un resplandor especial bajo el sol de la tarde.

—La casa mágica del árbol volverá a llamarlos otra vez. Se los prometo —afirmó Morgana.

Y permaneció en la ventana despidiéndose de sus amigos.

—Adiós, Annie. Adiós, Jack —dijo.

—¡Guau! ¡Guau! —exclamó Ted.

El aire comenzó a agitarse...

luego el viento desató un torbellino...

y la casa del árbol desapareció.

Annie y Jack se quedaron mirando el árbol por un largo rato.

—¿Listo para cenar? —preguntó Annie, con voz suave.

Jack asintió con la cabeza.

Todavía se sentía aturdido. Luego, él y Annie caminaron en silencio por el bosque de Frog Creek.

Cuando llegaron a la calle que los conducía a su casa, vieron que el sol había comenzado a ocultarse. Una bandada de pájaros negros surcó el cielo de color rosa plateado.

De pronto, Annie rompió el silencio.

—Nos divertimos mucho con Teddy, quiero decir, con Ted.

—Sí —agregó Jack—. Fue como… —Se quedó pensando, tratando de encontrar la palabra adecuada.

—Fue como vivir en "El Tiempo de los Sueños" —dijo Annie.

—Eso es —afirmó Jack, con una sonrisa en los labios.

Ambos tenían razón. Fue *exactamente* así.

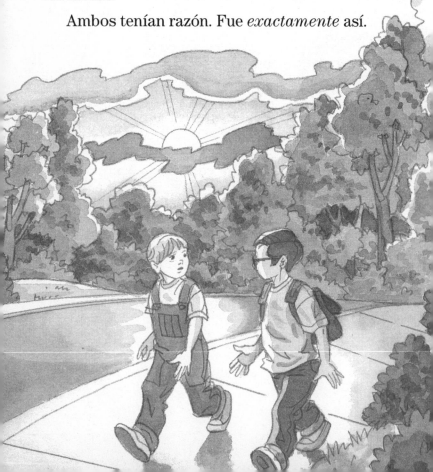

La Serpiente Arco Iris

Según la mitología aborigen australiana, la Serpiente Arco Iris no sólo tiene el poder de atraer la lluvia, sino que también ayudó a crear el mundo.

Al comienzo del tiempo, la Serpiente Arco Iris se despertó de un largo sueño y salió de la corteza terrestre, que quedó dividida en partes. Al arrastrarse por la tierra todavía deshabitada, la serpiente fue dejando profundas huellas.

Después llamó a todos los sapos para que salieran del fondo de la tierra, lo cual les provocó cosquillas en la panza y, al reírse, los sapos comenzaron a echar agua por la boca. El agua llenó los surcos abiertos por la serpiente y así se formaron los ríos y los lagos.

La hierba comenzó a crecer. Luego, todas las demás criaturas fueron despertando para ocupar su lugar en el mundo: pájaros, lagartos, serpientes, canguros, koalas y dingos.

MÁS INFORMACIÓN PARA TI Y PARA JACK

1. Australia es el continente más plano y pequeño del mundo. Es el único país que ocupa un continente entero y tiene una superficie de 3 millones de millas cuadradas, es decir la superficie total de Estados Unidos sin incluir Alaska y Hawai.

2. Hace muchos millones de años todos los continentes formaban parte de una gran masa de tierra. Doscientos millones de años atrás el territorio australiano quedó separado. Debido a esta separación, la fauna del continente ha evolucionado de un modo muy particular en comparación con la fauna de los demás continentes.

3. Entre los animales que habitan el territorio australiano existen 170 especies de marsupiales,

entre ellos, el koala, el wombat u oso australiano, el canguro y el wallaby (similar al canguro pero más pequeño). Los únicos marsupiales que viven fuera de Australia son las zarigüeyas.

4. El canguro habita el suelo australiano desde hace 25 millones de años. Por cada persona, hay diez canguros en Australia. ¡Y la población australiana es de 19 millones! Un canguro salta a una velocidad de 11 millas/h y puede llegar a alcanzar 30 millas/h.

5. Los dingos eran utilizados como perros de caza por los aborígenes.

6. El koala se alimenta del árbol de eucalipto. La gente usa el aceite de este árbol como medicina para curar el resfrío y la gripe. El eucalipto tiene un fuerte aroma que le agrada a mucha gente.

¿Quieres saber adónde puedes viajar en la casa del árbol?

La casa del árbol #1
Dinosaurios al atardecer

Annie y Jack descubren una casa en un árbol
y al entrar, viajan a la época de los dinosaurios.

La casa del árbol #2
El caballero del alba

Annie y Jack viajan a la época de
los caballeros medievales y exploran
un castillo con un pasadizo secreto.